지혜로운 삶은
어울려 사는 것이다

## 이상천

지은이는 건국대 경제학과를 수료하고 인문학에 관심이 있어서 인문서적을 섭렵했다. 사회에서는 각종 사회단체에 영입되어 지도역량을 배양하고 리더십을 연마했다. 연천 청년회의소 회장을 역임하며, 청년회의소 도서관을 개관했고, 1991년 지방자치제가 처음 시작되었을 때 연천군 기초의원에 당선되어 초대의장을 4년간 역임했다. 1995년 처음 시작된 자치단체장 후보로 출마했다가 낙선의 고배를 마시고 인생을 옹골지게 살아가는 지혜를 터득하며 지내고 있다.

저서 : **시와 수필집** 「인생은 바람을 업고 간다」

지혜로운 삶은
어울려 사는 것이다

## 책을 펴내는 소회(所懷)

　우리가 인생길을 걸으며 살다 보면 길 위에서 무수한 사람들을 만나게 되고 헤아릴 수 없이 많은 일을 접하고 겪게 된다. 누구나 유년시절과 성년을 거치면서 사회에 진출하게 된다. 어떤 이는 자기자신을 자제하며 조심스럽게 잘 관리하여 인생길을 순탄하게 가는 사람이 있는가 하면 어떤 이는 일찍이 뜻하지 않은 잠시의 실수로 인생을 망치는 자도 이따금씩 보게 된다. 안타까운 일이다.

사회의 진출은 제각기 직업을 얻게 되므로 직장 동료와 상사, 사업상 다양한 군상들과 인연을 맺게 되는데 처신이 너무 신중하여 살얼음판을 걷듯이 조심하면 박력이 없다고 하고, 열정과 의욕이 앞서면 실수를 하게 마련이다. 이런 과정에서 인간관계가 좋아지기도 하고 껄끄럽고 멀어지기도 한다. 결혼 적령기에 이르면 자연스럽게 연인도 만나고 결혼해서 자식을 낳고 한 가정을 이루게 된다. 만남의 역사 속에서 가장 소중하고 고귀한 것은 우리가 늘 말하는 것 중 으뜸인 하늘이 정해준 부부의 인연이다. 모든 인연이 다 그렇듯이 역사적인 만남 속에는 누구를 만나느냐에 따라서 운명이 달라진다. 만남의 역사 속에는 반드시 희로애락의 씨앗을 품고 있으므로 인생의 행로는 그리 호락호락하게 순탄하지만은 않다. 그러므로 많은 우여곡절을 겪게 된다. 기쁜 일과 슬픈 일, 괴로움과 즐거움, 고통과 행복이 교차하며 반복된다.

영화는 오래 머물기 어렵고 성쇠는 헤아릴 수가 없다고 한다. 중국 최고의 고전 시인 이백의 시구에는 '이길 저길 많은 길 내가 갈길은 어디인가.'라는 구절이 있다. 정말 어려운 것이 인생길이다. 우리의 인생도 사업처럼 설계를 하고 계획을 세워 경영하여야 한다. 큰 뜻을 이루기 위해서는 계획을 잘게 썰어 조금씩 꾸준히 실행하여야 한다. 우리 주위에는 늘 나를 존중해주고 이해하며 뜻을 같이하고 도와주는 고마운 은인도 있지만 반대로 나와는 개성과 의도가 상반되는 관념적 편견 속에 헐뜯고 음해하는 사람도 있

기 마련이다. 그렇다고 우리 사회의 구성

상 선과 악을 구별하여 선한 자는 가까이

하고 악한 자는 멀리 할 수 없는 현실적

인 당면성은 피할 수 없는 스트레스가 된

다. 우리는 무거운 스트레스를 날려 보내

고 극복하기 위하여 다양한 노력을 감행

하지만 상처를 치유하기가 그리 쉽지만

은 않다.

　인생은 어차피 선악을 함께 안고 가슴

속 용광로 속에 녹이며 걸어가는 길이다.

아무리 저항하고 발버둥 쳐봐도 갈 길은

다 가고, 맞을 것은 다 맞고, 겪을 것은 다

겪어야 비로소 인격이 숙성되어 완숙한

인품을 지니게 된다. 복잡하게 얽힌 인간 관계 속에서 발생하는 모든 사건을 마주하며 당면한 각종 난제를 슬기롭게 지혜를 모아 풀어가는 것만이 현명한 삶이 아니겠는가. 일찍이 수많은 철학자와 성현들이 보다 나은 삶을 구현하기 위하여 몸과 마음을 다 바쳐 이루어 놓은 길, 그 가운데에서 깨우침을 얻는 것은 너무도 당연하다. 성현들의 경전 구절, 잠언집, 고사, 격언, 명언, 일화 등을 인용하여 지혜로운 삶의 지침서를 펴낸다.

이상천 拜

## 차례

# 2장

# 3장

# 4장

# 1장

# 지혜란 무엇인가?

# 지혜란 무엇인가?

지혜는 우리가 일상에서 흔히 보고 듣고 표현하는 언어 가운데 특별히 강조되는 상용어이다. 예를 들어, 세종대왕과 이순신 장군은 조선왕조사에서 가장 지혜로운 군주와 장수로 주목받고 지칭되어 왔다. 이처럼 지혜는 누가 감히 따라 하지 못하는 뛰어난 업적과 능력을 지닌 분을 표현하는 수식어이다.

지혜의 우리말의 사전적 의미는 슬기 또는 사물의 실상을 관조하여 미혹에 빠지지 않고 정각正覺을 얻는 힘이고, 슬기는 사리와 말의 내용을 깨닫는 재주라고 한다. 그러면 사리와 말의 뜻을 헤아리는 분별력은 어디에서 나오고 무엇이 만들어주는 것일까? 그 대답은 그리 간단하지 않다. 지혜는 지식 기반이 원천이며 동력이다. 지식없는 열정은 빛없는 불과 같다고 했다. 그러므로 지식은 지혜를 만들어 주는 에너지이다. 지혜를 만들어주는 에너지가 부족하면 지혜는 한계에 머물 수 있으므로 노력한 만큼의 성과를 기대하기에는 어려움이 따른다.

우리가 일상을 살아가면서 항상 경험과

체험을 중요시하는 것은, 하나의 경험은 하나의 지혜가 자라나게 하므로 지식의 넓이와 깊이가 어느 정도인지 능력의 척도를 평가하기 위함이다. 자신만의 확실한 농익은 철학이 있는지 남과 다른 독특한 노하우가 녹아 있는지에 따라서 사고의 증진 속도는 나날이 달라지고 발전하며 변화하게 된다.

결과적으로 우리에게 최선은 무엇인가? 최상의 최선책을 얻을 수 있는 길은 무엇인가? 최선을 얻을 수 있는 길을 알고 있는 지식이 곧 지혜이다. 지혜는 우리가 살아가는데 가장 필요한 진주같은 감미로운 보물상자이다. 지혜는 곧 우리가 일상에서 어려움에 당면했을 때 어려움을 풀어내는 재능이며 문제를 해결하는 수완이며 능력이다. 지혜는 우리가 인생을 살아가는데 아주 중요한 우리 인생의 지킴이며 관리자이다. 우리의 인생항로에 선장으로서 안전하고 편안하게 항해를 이끌어 주어 고통을 줄이고 불행을 미리 예견해서 대비하고 피할 수 있는 지혜가 지혜의 상수上數이다.

우리가 인생을 살다보면 어려운 고난과 역경을 맞이할 수도 있고 느닷없는 재앙과 불행이 닥쳐올 수도 있다. 그런데 이러한 재앙과 불행은 대부분 우리의 주변에서 일어난다. 우리는 주변에서 일어나는 일들에 대하여 미세한 변화와 기미를 미리 느끼거나 감지할 수 있으며, 어떠한 행위나 작용에 대해서도 그 징조를 미리 알아차릴 수 있다. 이러한 예감과 경험적 영감이 생길 때 선제적으로 빠르게 대처해 나가야 한다. 이것이 밝은 지혜이다. 매사를 곰곰이 생각해보자.

# 2장

# 지혜로운 삶이란 어떻게 사는 것인가?

# 지혜로운 삶이란
# 어떻게 사는 것인가?

지혜로운 삶이란 무엇이고 어떻게 사는 것이 지혜롭게 사는 것인지 누가 말해주지도 않고 가르쳐주는 사람도 없다. 예술가가 되기 위한 길을 알려주는 사람도 없고 예술가가 되기 위한 지침서나 지도도 없다. 오로지 혼자서 고민하고 공부하여 스스로 터득하고 깨우쳐야 한다.

저자는 자신의 삶 속에서 날마다 새롭게 맑은 무엇으로 채워가고 버리며 비우는 과정 속에서 자신의 인생을 구상하고 설계하여 실천해간다. 그 속에서 보람과 행복을 느끼며 살아가는 것이 지혜로운 삶을 찾아가는 길이라고 정의한다. 지금까지 자신은 인생을 어떻게 살아왔는가 하는 성찰과 반성에서부터 지혜의 삶은 시작된다. 자신의 인생에 대한 밀도 있는 사색과 질문으로부터는 확실한 대답이 필요하다. 자신의 삶의 중심이 무엇이었는지 솔직하고 진실되게 의심없이 파헤쳐야 한다. 자신의 삶은 자신이 바라는 진정성과 목적이 제대로 일치하고 부합되는지 새겨보아야 한다.

다른 한편으로는 역사적으로나 시대적

으로 합당한지 헤아려 보고 마음으로부터 지극한 긍정의 평가가 존중되어야 한다.

그 다음은 무엇이 부족했고 무엇이 넘치고 과했는지를 살펴보고 지나치게 집착하여 살아온 것은 무엇이며 또 무엇을 간과하고 살아왔는지를 통렬히 반성하면, 새롭게 자신의 잘못된 이면을 발견하게 되므로 자신의 인생행로를 수정함으로써 자신의 의지는 더욱 강하게 굳어지게 된다. 지금 내게 필요한 것은 무엇인지, 지금 내가 해야 할 일은 무엇인지, 꼭 기억해야 할 것은 무엇인지를 진단하고 내면 깊숙이 굳은 의지를 다지는 계기가 되어야 한다. 그래야 자기의 목표인 꿈을 이루기 위한 실천으로 이어지게 된다.

이것은 자신을 깊은 관조 속에서 밝은 길

로 인도하게 한다. 자기 스스로 자기 자신을 인도하는 것은 성숙된 자기 인품에서 나오는 것이다. 완전한 자기 인격은 자기 스스로를 제어하고 자기 자신을 철저히 관리하며 어떠한 경우에도 흔들리지 않고 변함이 없다. 인간은 성숙해질수록 완전하기 때문이다. 그러므로 인간은 끊임없이 자기자신을 갈고 닦아야 한다. 훈련도장의 사범처럼 언행을 닦아야 한다. 그것이 지혜롭게 사는 첩경이다.

# 1. 경험과 체험을 통한 지혜로운 삶 만들기

하나의 경험이 하나의 지혜를 자라나게 한다. 우리의 인생은 수다한 경험과 체험을 통해서 지혜를 얻어 왔으며 지혜를 하나하나 축적하고 쌓아왔다. 가령, 물고기를 낚는 방법부터 동물을 수렵하는 것에 이르기까지 문명의 발전과 더불어서 문화를 꽃피어 왔다.

그러나 무수한 경험을 몸소 다 체험하기에는 우리의 인생이 너무도 짧고 범주도 너무나 심대한 영역으로서 한계가 있다. 그러므로 옛부터 우리의 선조들은 구전으로 전해져 내려오는 지혜를 섭렵했으며 성인들과 위인들의 지혜를 기록한 보물같은 서책과 성전들을 독서를 통해서 얻어왔다. 끊임없이 이어져 내려오는 반짝이는 보물같은 지혜를 머리 서랍에 잘 보관해두자. 어려움에 처했을 때 꺼내쓰면 요긴하게 쓸 것이다. 이것은 현명한 처사이다.

## 2. 독서를 통한 지혜 얻기

독서는 자신에 대한 최소한의 예의이다. 양서良書를 탐독하는 것이 자기의 지식과 교양을 넓혀주기 때문이다. 노자는 "독서는 자신을 더해가는 것이고 수행은 자신을 덜어내는 것"이라고 했다. 공자에게 학문을 왜 하느냐고 물으니 몸소 실천하여 수행하기 위함이라고 했다. 로마의 정치가이자 철학자인 키케로는 책이 없는 방은 영혼이 없는 방이라고까지 했다. 지식이 없는 자는 짐승과 같다는 말이다.

책은 인생의 학교이다. 책은 인생의 교사이며 스승이다. 책을 읽을 때 곰곰히 되새기면서 의미를 곱씹으며 읽으면 마음에 미세한 진동이 일어나며 감동이 온다. 이때 얻어진 감동은 오래도록 가슴에 남아 자신의 삶에 좋은 영양소가 되어 지혜를 만들어 주는 자양분이 된다.

인간이 책을 만들지만 책이 인간을 만들기도 한다. 결정적인 순간에 결정적인 책을 읽으면 새로운 세상을 만들기도 하고 새로운 개혁을 하기도 하고 새로운 창조를 하기도 한다.

삼국지에서 제갈공명은 유비의 책사가 되어 수많은 전쟁을 승리로 이끈 재상이다. 제갈공명은 실전實戰 경험을 해본 사람이 아니다. 자기 혼자서 천문지리를 터득하고 익혔으며 풍수지리는 물론이고 병법과 용병술을 터득해서 실전을 자유자재로 응용할 수 있는 탁월한 능력을 갖춘 전략전술가이다. 그리고 공명의 능력은 독서를 통해

완성되었음은 두말할 필요도 없을 것이다. 공명은 참으로 출중한 유비의 책사로 중국사에 남는 유명한 재상이며 모략가이다. 유비가 공명을 찾아가서 삼고초려를 하여 제갈공명을 얻었다. 유비의 나이는 사십칠 세이고 공명은 이십칠 세였다. 이것 하나만 보아도 유비의 겸손의 덕망이 어느 경지인지 가히 알만하다.

인간이 태어나면서부터 끊임없이 먹어서 성장하듯이 끊임없이 독서를 하는 것은 지식과 지혜를 넓혀 현명하게 살아가기 위함이다. 그러므로 독서는 우리 인생을 이끌어주는 창조신과도 같다 할 것이다.

# 3. 덕과 용기, 끈기 있는 노력

## ▦ 덕에 관하여

인간은 덕을 지녀야 한다. 성실과 진실은 모두 덕의 토대이다. 우리사회는 지식과 소양보다는 성실하고 끈기 있는 사람을 더 신뢰한다. 그 이유가 무엇일까 생각해보니 성실하고 끈기있게 노력하는 사람은 성과를 내고 업적을 이루기 때문이다.

덕은 소통의 문이라고도 한다. 진실된 대화의 문이다. 세상의 근본이 소통이며 마음의 근본이 소통하는 문이다. 우리가 인생을 살아가는데 있어서 가장 중요한 것이 소통이다. 소통이 되면 대화가 필요없다. 무엇보다도 마음이 통해야 한다. 진심이 통해서 소통이 잘 되면 문자와·언어가 오히려 장애

물이 된다. 대화를 할 필요가 있다는 말은 마음이 제대로 전달되지 않아서 소통이 안 되었다는 뜻이기도 하다. 소통이 잘 되어서 마음이 통하면 대화가 필요없다.

그리고 덕에는 여러 가지 종류가 있다. 대강 살펴보기로 하자. 항상 감사하는 덕, 남을 배려하는 덕, 관대함과 겸손한 덕, 온화한 덕, 화를 다스리는 덕, 혼란스럽고 어수선함을 다스리는 지혜의 덕, 두려움을 다스리는 용기의 덕. 자기 혼자 인정 받으려 하지 않고 함께 같이 인정받고자 할 때의 덕, 자발적인 협조를 얻어내는 덕이 있다. 스스로 책임과 의무를 다하여 부담을 줄여 주는 덕, 편견을 갖지 않고 아집 부리지 않고 사사로운 이익에 얽매이지 않는 덕, 조용히 침묵하고 인내하는 것도 덕이다. 위와

같이 여러 가지 종류의 덕이 있지만 그 외에도 덕은 많다. 모든 덕은 결국에는 자신을 위한 덕이 된다. 자기 앞의 장애물을 치우는 덕이 된다.

모든 성공을 위한 기초가 되는 것은 자신을 사랑하고 존경하는 데에서부터 시작된다. 남들에게 존경받으려면 무엇보다도 명예심이 있어야 한다. 옛날 우리나라의 선비정신이 살아나야 한다. 가난해도 맑게 살아가는 것이 선비정신이다. 명예심이 없는 사람은 도덕성도 떨어지고 정의감마저 떨어져서 진실됨이 부족하다. 명예심이 있어야 품위있는 인격을 지향하게 된다. 수기치인修己治人이라는 말이 있다. 항상 자신을 닦고 다스려야 한다. 자신의 수양을 통해서 감정과 행동을 다스려야 한다. 행복은 절제와

덕에서 온다고 한다. 하고 싶은 충동과 욕구를 참고 습관으로 만들어 천성으로까지 이어지게 한다면 얼마나 대단하겠는가. 이 세상에서 가장 강한 사람은 어려움을 잘 참아내고 자기일을 스스로 해결하는 사람이다.

### ▦ 용기있는 행동

철학자들은 용기란 모든 것을 정복하게 하는 힘이라고 했다. 대담하게 나가는 사람이 길을 낸다고도 했다. 그러므로 용기를 갖고 대담하게 나가는 사람이 제일 좋은 것을 차지하고 손에 넣을 수 있다는 뜻이다. 그러니 인생과 용기는 항상 비례해서 짧아지기도 하고 길어지기도 할 것이다.

우리나라 정치사에서도 민주화운동을 하다가 감옥에 갔다 나와서 곧바로 정치에 몸담아 유명세를 탄 정치인이 되고 정치지도자가 된 사람이 수없이 많다. 그런가 하면 또 직장에 다니다가 퇴직하고 자유사업을 해서 성공한 사람들도 얼마든지 많다. 이렇게 용기있는 결단과 행동으로 운명처럼 자기의 인생행로를 바꾸어 성공한 사람들도 많다. 용기와 행운은 친구지간이라고 한다. 한 줄기에서 자란다고도 한다. 당신은 사람들이 두려워할 때 다른 사람들이 안심할 수 있도록 용기있는 기개를 보여 줄 수 있어야 한다. 용기는 나를 구하고 세상을 구한다고 했다. 위에서 서술한 정치인들은 민주화운동과 투쟁으로 민주화를 이루었고 자신의 정치소신을 이루기도 했다. 또 다른 사람들은 남들이 그렇게 부러워하는 대기업 직장이나 만년 철밥통이라고 부러워하는 공직을 버리고 사업에 뛰어들어 기업을 일으키고 성공한 사례들이 얼마든지 있다.

마음이 짐보다 무거우면 그 짐을 옮겨놓을 사람은 아무도 없다. 진정한 힘은 용기라는 장수이다. 인간은 작은 것부터 끊임

없는 모험을 해보아야 한다. 하루에 하나씩 모험을 해보면 기분이 엄청나게 좋아진다고 한다. 보람과 자신감이 생긴다는 것이다. 당장 사소한 것부터 모험을 해보는 것은 어떨까? 모험도 습관으로 만드는 것이다. 모험도 몸에 맞으면 가벼워진다.

## ▦ 끈기있는 노력

노력만큼 뛰어난 천재도 없다. 천재도 끈기있는 노력은 이기지 못한다고 했다. 그러니 천재는 노력의 아들쯤 되겠다. 천재는 찬사를 받지만 성실한 노력은 신봉을 받는다. 항상 준비하고 훈련하는 노력이 있다면 그 무엇도 그 누구도 대적하지 못한다. 잠재력을 여는 열쇠 또한 노력밖에 없다. 우리가 알고 있는 발명왕 에디슨은 1%의 영감과 99%의 노력에 의해서 발명품이 성공적으로 이루어진다고 했다.

물은 섭씨 100℃에서 끓는데 99℃에서 멈추면 그동안의 노력은 아무런 댓가도 없이 헛된 노력이 된다. 물이 100℃에서 끓어서 수증기를 내뿜고 기화현상의 변화를 일으켜야만 새로운 것을 창조할 수 있기 때

문이다. 그러므로 노력을 이기는 것은 아무
것도 없다. 당신의 노력이 당신을 성공으로
이끌고 이 세상을 구하는 길이다. 미국의
하버드대학교 낙서판에는 '지금 잠을 자면
꿈을 꾸지만, 지금 노력하면 꿈을 이룬다',
'오늘 걷지 않으면 내일은 뛰어야 한다'는
글이 적혀 있다고 한다. 그러니 현재가 가
장 중요하다. 우리가 노력하는 것들을 실천
으로 옮겨야 한다. 고통없이 이루어지는 것
은 아무것도 없다. 모든 성공은 고통과 싸
워서 이긴 승리이다.

## ▨ 꿈을 꾸며 상상하기

꿈을 꾸며 살아가자. 꿈을 꾸는 사람은 진정으로 행복한 사람이다. 꿈을 꾸며 상상한다면 우리의 삶이 얼마나 설레고 살맛이 날까. 꿈 넘어 꿈이 있는 사람은 위대한 사람이라고 한다. 미래를 구상하고 다가올 앞날을 설계한다면 그 마음으로 어찌 참고 견디지 못할 것이 있겠는가. 상상만 해도 즐겁지 않은가. 출렁이는 흥분 속에 잔잔한 감동이 일 것이다. 그래서 옛부터 누구에게나 꿈과 희망이 있으면 언제 어디에서든지 자기의 운명을 맡기고 마감할 수 있다고 했다. 꿈을 마음 속으로 상상하면 그것이 무엇이든지 결국은 이루어진다고 한다.

꿈을 종이에 적으면 목표가 되고 목표를 잘게 썰면 계획이 된다. 계획을 하나하나

실천해 나가면 꿈은 결국 이루어진다. 큰 꿈을 이루는 사람은 조금씩 조금씩 꾸준하게 실행해나가는 사람이다. 꿈을 꾸는 사람은 불가능이 없다. 꿈이 모여서 세상을 바꾼다. 꿈은 마음에 동력을 만들어준다. 시간이 나를 저절로 변화시키지는 않는다. 처음부터 길이 있던 것이 아닌 것처럼 길은 없었지만 누군가가 지나간 길을 사람들이 다녀서 길이 되었다고 한다. 꿈을 꾸는 사람은 세상을 이기면서 살아가는 사람이다. 처음부터 없던 길을 누군가가 뚜벅뚜벅 걸어갔듯이 세상을 아름답게 긍정적으로 보고 낙천적으로 걸어가는 것이다. 낙천적인 사람은 어려움 속에서도 기회를 얻고 비관적인 사람은 기회가 왔음에도 불구하고 불행으로 알고 기회를 놓친다고 한다. 이 얼마나 슬픈 일인가. 기회는 자기가 만드는 것이다.

　내가 제일 좋아하고 가장 잘 할 수 있는 일을 재미있게 즐기면서 한다면 얼마나 능률적이고 효율적이겠는가. 생각만 해도 설레는 감동이라고 상상하면서 설정해보자. 내가 하고자 하는 일이 지금 이 때에 시대적으로 납득이 가고 합당한지 신중하게 고려해보고 숙고끝에 결정을 하는 것이다. 마음에 결심이 확고하게 서고 평생 자기가 할 일이 선택이 되면 비로소 그 일에 대하여 키워드를 꼽고 키를 작동해야 자신의 인생이 작동되는 것이다. 그러므로 이제는 오직 선택된 자신의 직종에만 모든 노력과 열정을 쏟아붓는 것이다. 지금까지 자신이 살아오면서 맺었던 모든 친구 관계 및 좋아하는 음식, 자신의 취미, 모든 것을 버리고 오직 자신이 선택한 것에만 맞추어야 한다. 새로운 시작은 모든 것을 버리는 것에서부터 비롯된다. 이제까지의 항로를 다 버리고 새로운 일에만 집중해야 한다. 새로운 배의 선장이 되는 것이다. 그러면서 이따금씩 미래를 상상해보는 것이다. 일 년 후에는 내가 어떻게 변해 있을까 생각해본다. 또는 10년 후에는, 먼 훗날에는 어떻게 변해 있을까를 상상하면서 그리던 꿈에 더욱 노력을 가속화하게 된다. 꿈을 꾸는 사람과 실천하는 사람 중에 누가 더 크게 이룰 수 있을까. 실천하는 사람이 더 크게 이룬다. 그러므로 끈기있는 노력으로 실천해간다면 얼마나 대단하겠는가. 나의 의지가 더욱 굳건하고 돈독해질 것이다.

나의 생각이 바뀌면 행동이 달라지고 행동이 달라지면 습관이 바뀐다. 습관이 바뀌면 성격이 바뀌고 성격이 달라지면 나의 운명이 바뀐다고 했다. 우리의 운명을 바꿔보자. 지금까지 살아온 나의 운명을 신명나고 보람되고 행복한 운명으로 바꿔 보자. 이것은 오직 한곳에 집중해야 내가 원하는 성공을 이룰 수 있다는 것을 뜻하기도 한다.

## ▒ 행복한 삶에 대한 지혜

우리는 지금 행복해야 한다. 그리고 행복하기 위하여 삶을 꾸준히 가꾸어야 한다. 성공도 행복하지 않으면 성공한 것이 아니다.

행복은 즐거움인가 감정인가 고통부재인가. 행복은 즐거움도 아니고 고통이 없는 것도 아니며 감정도 아니다. 행복은 즐거움과 의미를 동반한 경험이다. 가령, 낚시를 하면 즐겁다. 그러나 물고기가 물어야 재미있고 고기가 물지 않는 낚시는 재미도 없고 즐겁지도 않다. 즉, 행복에는 재미와 의미를 내포한 즐거움이 있다. 행복한 삶은 재미있는 생각을 하며 사는 삶이라고 한다. 그래서 싼 즐거움을 가지고 있는 사람이 가장 부자이며 행복한 사람이라고 한다. 내가 오늘 하루를 무슨 생각을 하느냐에 따라서 나의 오늘 하루 행복이 달라진다. 인간은 누구나 하루에도 수백 번이나 머릿속에서 생각이 바뀌고 변화한다. 기쁨과 슬픔, 즐거움과 회한이 스치고 부끄러움이 꺼내지고 다시 사라지기를 반복해서 일어난다. 진정한 행복은 마음의 평화에서 온다고 한다.

그리고 무엇보다 소중한 것은 품격있는 귀한 인품이며 높은 인격이야말로 삶을 행복하게 해준다. 사람들은 격조 높은 인격을 갖춘 사람에게 존경심을 나타내기 때문이다.

흔히 사람들은 최고의 성공이 죽는 날까지 배우는 사람이라고 한다. 배움의 기쁨은 실로 큰 행복이다. 최고의 행복은 자신이 더 나아졌다고 생각될 때이다. 그러므로 배워서 깨우치고 터득하는 보람된 즐거움과 기쁨이 얼마나 대단한 행복인가. 배우는 기쁨도 행복하게 해주는 으뜸이다. 그러니 여러분은 무엇이든 배워 보기 바란다. 마하트마 간디는 내일 죽을 것처럼 살고 영원히 살 것처럼 배우라고 했다. 배워서 깨우치면 나날이 사고가 달라지고 지혜가 자라나고 늘어나서 자기만의 새로운 철학이 생기고 보배로운 지혜를 발휘하게 된다.

자기일을 찾은 사람은 행복한 사람이다. 다른 길을 찾지 말라고 했다. 행복한 가정이 국가의 튼튼한 초석이 된다고도 했다. 루소의 말이다. 행복한 가정이 많다는 것은 문화적으로 경제적으로 부강한 나라라는 말이다. 자기의 일에서 의미와 즐거움을 찾으려면 자신의 지식과 재능 모든 능력을 끌어 들여야 한다. 그래서 얻어지는 쾌감은 대단한 행복이다. 자기가 좋아하는 것을 열심히 한다는 것은 사실은 휴식을 취하는 것이다. 내가 좋아하는 것을 하는 것은 휴식이지 일이 아니다.

연세대학교 김형석 철학과 명예교수는 수준 높은 인격과 인품으로 구성된 사회가 가장 행복한 사회라고 말씀하셨다. 예수와 석가모니, 공자와 노·장자 같은 성인이 존재하는 시대가 가장 행복한 사회이다. 경제는 중산층이고 정신적으로는 상위층에 속하는 사람이 행복하다고 했다. 재산도 인격의 수준만큼 소유하는 것이 바람직하다고 했다. 나를 증명해 보이는 것보다 상대를 알고 나를 아는 것에 초점을 맞추면 관계는 즐겁다. 오늘 하루가 인생의 전부이다. 시간을 잘 관리하는 사람이 자기 인생의 주인이다. 부지런하게 사는 사람이 잘 사는 사람이다. 남을 배려하며 봉사하는 사람은 더 행복한 사람이다.

# 3장

# 사람이 따르는 리더의
# 덕목이란 무엇인가?

1. 품위 있는 인격

2. 판단력과 비범한 결단

3. 배려의 힘

4. 확실한 신념과 추진력

5. 미래를 향한 비전

# 사람이 따르는 리더의
# 덕목이란 무엇인가?

## 1. 품위 있는 인격

리더는 사람들에게 설렘과 감동을 주어야 한다. 감동이 존경심의 발로가 될 때 비로소 사람들은 리더를 따른다. 리더의 인격이 떨어져서 품위가 없고 천박하면 더이상 존중하지 않는다. 리더의 삶 속에서 말과 행동이 다른 이중성이 있으면 사람들은 즉시 외면한다. 리더의 생각 속에 진실성이 결여된 거짓이 포장되어 있으면 사람들은 더이상 그를 용인하고 따르지 않는다. 리더의 행동 속에 자신의 욕망을 성취하려는 탐욕과 다른 무엇을 꾀하려는 의도가 엿보일 때 더이상 충성하지 않는다. 리더의 잘못과 실수를 쉽게 용납해 주지 않고 따라주지 않는다. 리더는 인격으로 말한다. 리더는 삶 그 자체라 말한다.

리더는 명예심이 있어야 한다. 강한 자존심과 자기인식 자기통제가 무엇보다 중요하다. 리더가 명예심이 없으면 도덕성과 정의감도 없고 정직한 미덕도 없다. 리더는 정직성과 양심이다. 리더는 진실된 사랑이 있어야 한다. 한 사람이라도 따르는 사람이 있으면 리더이다. 리더는 행동으로 보여 주어야 한다. 사람됨됨이는 은혜를 알고 고마워하는데 있고 평가기준은 인격과 업적에 있다. 리더는 항상 겸손한 예절이 있어야 한다. 리더는 항상 참고 인내하는 자제력이 있어야 한다. 자제력은 관대함과 친절을 불러온다. 그러므로 리더는 사람들을 움츠러들게 하는 것이 아니고 사람들의 기를 활짝 펴게 하는 것이다. 리더는 자기몸과 마음을 항상 통제하에 두고 자기수양을 통해서 감정과 행동을 다스려 자기를 따르는 사람들을 구별 없이 대하고, 어떠한 일이든 사감私感 없이 공정하게 처리하여야 한다.

리더는 문제를 풀고 해결하는 사람이다. 리더는 선행을 베푸는 사람이 아니다. 선행을 하는 사람으로 착각하는 사람도 있다. 그러나 리더는 오직 모든 문제를 풀어가고 해결하는 사람이다. 리더는 당면한 문제를 풀고 해결하기 위해서는 많은 사람들의 지혜를 빌려야 한다. 리더는 사람들을 설득해서 그 일을 시행해야 한다는 동의를 얻어내고 따르게 하는 것이다. 다시 말해서 반대하던 사람들도 설득하여 승복시키고 사람들이 참여하게 하는 것이다. 남의 지혜를 빌릴 줄 모르는 사람은 리더가 아니다. 남을 설득할 수 없는 사람은 진정한 리더가 아니다. 리더의 인격이 부족하면 인기를 좇고 인기에 영합하게 된다. 리더의 인격이 높고 품격있으면 조직원이 항상 공부하고 연구하며 깊이 사유하게 된다.

최고의 리더는 조직원들을 목표하는 곳

으로 이끌어서 그들로 하여금 우리는 성공했다고 하는 말이 나올 때이다. 리더는 신중하고 치밀하되 자질구레하지 않고, 웅지가 있고 뜻이 높고 넓어도 소홀함이 없어야 한다. 리더가 진지하고 호방하면 사람들이 존중하고 따르지만 리더가 교활하여 요괴처럼 잔꾀나 부리고 꼼수나 부리면 단박에 사람들이 혐오하고 멀리한다. 리더가 허물이 없고 실수하지 않으면 공이 되고 원망사지 않으면 덕이 되어 사람들에게 존중받으며 사람들이 따른다. 리더가 스스로 부족하다 싶을 때 손을 떼면 욕을 당하지 않고, 멈출 줄도 알아야 위험을 면한다고 했다. 모든 것은 항상 자신의 철저한 성찰이 있어야 한다.

## 2. 판단력과 비범한 결단

리더는 남보다 앞서 판단하여야 한다. 리더는 어떠한 위험과 고난이 따르더라도 비범한 결단을 해야 한다. 그것이 리더의 운명이다. 리더가 우유부단하여 결단을 못 내리면 따르던 사람들마저 수근거리며 소요가 일어나기 시작한다. 이것은 리더의 무능함으로 이어져서 일부 따르던 사람들마저 떠나가고 남은 사람들 사이에서도 비판의 목소리가 나오면서 리더십에 큰 상처를 입고 흠집을 남기게 된다. 그러므로 리더는 어떠한 고통이 따르더라도 고독한 힘든 결단을 내려야 한다.

일반적으로 리더가 판단을 할 때에는 역사적인 상황에서 오는 배경과 시대적인 환경에서 오는 조건 하에서 판단하지만 간절한 소망과 믿음을 가지고 판단한다. 일반적으로 좋은 기회는 대부분 첫번째 받은 기회라고 한다. 그러나 대부분은 주저하고 머뭇거리고 망설이다가 기회를 놓치게 되고 순간적으로 지나가 버린다. 우리에게 한 번 오는 기회는 얼마나 소중한 기회인가. 그런 좋은 기회를 받기 위해서 사람들은 수많은 세월을 보내고 있다. 그러므로 리더는 좋은 기회를 잡기 위하여 항상 대비하고 준비하며 예행연습을 하여야 한다. 리더는 담대한 판단과 결단으로 스쳐 지나가는 기회를 잡아채어 내것으로 만들어 운명을 가르는 행운을 받는 것이다. 그것이 리더의 역할이다.

# 3. 배려의 힘

리더는 자기자신과의 끊임없는 싸움을
한다. 리더는 자신감이 확실해야 한다. 자
신감이 없는 리더는 조직원이 따르지 않는
다. 확실한 믿음이 있어야 사람들은 리더를
따른다. 그리고 자신에 대한 믿음을 바탕으
로 타인을 신뢰하고 배려하게 된다.

사람들은 배려심이 있는 리더를 원한다.
리더의 능력은 사람을 배려하는 것이다. 남
을 사랑하고 관심을 갖고 세심한 배려가 있
는 리더를 사람들은 따른다. 사람들이 따르
지 않는 리더는 리더가 아니다. 리더가 리
더다워야 사람들이 변함없이 따른다. 권력
이나 지위는 리더십이 아니다. 전문성도 리
더십이 아니다. 리더십은 앉아있는 사람을

일어나게 하고 머물러 있는 사람을 달려가게 하고 포기한 사람에게는 다시 시작할 수 있는 용기를 주는 것이다. 사람을 이해하면 친구가 된다. 그럴 수밖에 없는 절실한 사정이 있었겠지 하고 이해하면 남을 배려하는 유능한 리더가 되는 것이다. 리더는 부드럽고 따뜻한 사람이 되어야 한다. 사람들은 누구나 힘들고 어려울 때 자신을 깊이 배려해준 사람에게 충성을 다한다. 리더의 능력은 배려하는 힘이다. 상대의 단점에 대해서도 깊이 고민하여 장점을 찾아내는 것도 리더의 큰 역할이며 덕목이다.

# 4. 확실한 신념과 추진력

약점이 없는 사람은 없다. 고집이 아니고 원칙이 있다. 리더는 걱정하지 않는다. 두려워하거나 염려하지도 않는다. 오직 확고부동한 원칙 하에 살아간다. 리더는 결코 포기하지 않는 신념이 있다. 생각하지 않는 삶, 사유가 없는 삶은 삶에 가치가 없는 삶이다. 그리고 사유가 굳건한 신념이 된다.

멕시코를 정복한 크로데즈 장군은 멕시코를 침공할 때 배 열한 척에 병사 칠백 명을 태우고 멕시코 베라쿠스항에 도착해서 병사들이 보는 앞에서 타고 온 배를 모두 불태워버렸다. 우리는 반드시 이겨야만 돌아갈 수 있다고 했다. 이런 결단이 병사들을 전쟁에서 이기게 했고 적은 수로도 수많은 멕시코 군사를 물리칠 수 있는 원동력이 되게 하였다.

사유가 없는 사람은 삶에 가치가 없다고 했다. 우리가 기쁨과 풍요를 생각하면 기쁨과 풍요를 경험하게 되고 불행과 고통을 생각하면 불행과 고통을 경험하게 된다. 그러니 마음먹은 대로 되고 소망하는 대로 된다. 결심한 대로 간절히 원하는 대로 된다는 신념이다. 리더는 결코 포기하지 않고 절망하지 않는다. 인간은 언제나 희망을 먹고 사는 존재이기 때문이다.

## 5. 미래를 향한 비전

리더는 강한 의지가 힘을 만들어준다. 용기있는 담대한 의지이다. 리더의 목표는 항상 확고하다. 목표를 보고 가는 거북이형 리더이다. 토끼는 빨리 달리는 발을 가졌지만 목표를 보지 않고 거북이를 보고 가기 때문에 토끼의 장점이 사라진다. 그러나 거북이는 목표를 보고 꾸준히 올라 정상에 도달한다. 탁월한 리더는 언제나 가능성을 열어 놓는다. 리더는 미래를 보는 사람이다. 대가를 지불하는 결단을 내리는 사람이다. 리더는 결코 포기하지 않고 절망하지도 않는다. 인간이 언제나 희망을 먹고 사는 존재이듯이 리더도 희망을 보기 때문이다. 리더는 초원을 보고도 숲을 생각하고 사과씨를 보고도 사과나무를 생각하며 과수밭을 상상하는 사람이다. 리더는 꿈과 상상력을 지니고 앞날을 기약하며 이를 추진하는 사람이다.

# 4장

# 행복한 인생은
# 어떻게 만들어 가는가?

# 행복한 인생은
# 어떻게 만들어 가는가?

행복한 인생이란 남은 인생을 행복하게 사는 것이다. 행복하게 살아가기 위해서는 그것에 따르는 노력이 필요하다. 노력없는 행복은 없다. 행복한 인생을 구가하기 위해서는 무엇보다 먼저 규칙적인 생활 습관이 따라야 한다. 아침에 일어나는 습관이다.

일어나면서 가장 먼저 명상을 하는 것이다. 15분에서 20분 동안 명상을 하면 정신이 맑아진다. 명상에는 호흡 명상과 몸 명상, 행위 명상, 우두커니 명상 등이 있다. 나는 주로 호흡 명상과 행위 명상을 즐겨 하는 편이다. 명상은 고요히 자신의 마음을 들여다 보며 스스로를 인정하는 것이다. 생각이 들어가지 않고 쉬는 것이다.

명상이 끝나면 집안의 모든 대상물들과 인사를 나누는 것이다. 제일 먼저 대갈장군 인형과 인사를 나눈다. 대갈장군 잘 잤니? 하고 인사를 건네면 대갈장군도 화답으로 웃는다. 우리 어머니가 생존해 계실 때 대갈장군을 좋아하셔서 늘 쓰다듬으며 어루만지셨다. 매일 긴 소파에 누워서 저놈은 눈과 눈썹이 바뀌었다고 웃으며 바라보시던 모습이 눈에 선하다. 거북이는 나무판으로 만들어졌다. 등에는 바둑판이 그려져 있다. 이녀석은 아이들 이모에게 선물을 받아서 한가족으로 입적한 놈이다. 거북이 너도 잘잤니? 하고 인사를 나눈다. 거북이는 장수를 상징하는 의미라고 한다. 그럼 나도 별일없어, 하고 거북이가 인사를 한다. 우리 어머니가 늘 닦아주며 사랑했던 거북이이다. 거북이 옆에는 코끼리가 있다. 코끼리 앞발 옆에는 아기 코끼리가 어미코끼리에 바짝 의지하고 붙어 있다. 너도 아기코끼리와 잘 잤겠지? 하고 물으면 나를 누가 건드려, 하고 대답한다. 코끼리는 힘도 세지만 장수하는 동물이다. 특히나 어머니께서 닦아주고 쓰다듬어 주시며 친근감을 보이면서 사랑하셨다. 나도 코끼리처럼 오래 살았으면 좋겠다. 코끼리는 인도네시아에서 한가족으로 맞이했다. 큰딸이 인도네시아에서 선교활동을 할 때 갔다가 맞이한 가족이다.

그 옆에 수리부엉이가 있다. 이녀석은 일본 북해도훗가이도에 관광 갔다가 돌아오는 길에 한가족으로 맞이한 녀석이다. 수리부엉이는 부를 상징한다고 한다. 어머니께서는 부자되는 부엉이라고 아주 좋아하셨다. 수리부엉이는 나르는 새들 중에 위엄을 지닌 맹금류 중 하나이다. 눈이 부리부리하고 발톱이 독수리와 유사하다. 이녀석에게도 인사를 나눈다. 잘잤지? 하고 물으면 나는 밤새 포식했다오, 하고 대답한다. 앉아 있는 모습은 가슴과 배가 볼록한 형상이다.

그 옆에는 돼지들이 몰려 있다. 베트남에

관광갔다가 오는 길에 복돼지 다섯 마리가 눈길을 끌어 가족으로 맞이했다. 이놈들을 바라보며 인사를 나누면 그럼은요, 나는 늘 행복해요, 하고 웃는 것 같다. 나도 웃음이 나오며 덩달아 행복해진다. 방 저쪽으로 눈을 돌리면 개 세 마리가 함께 붙어 있다. 검둥개, 노란개, 주황색 무늬를 띤 개, 이놈들 세 마리는 각자 표정이 조금씩 다르다. 웃는 모습을 띠고 있는데 볼수록 웃음이 나온다. 혀를 길게 내밀고 웃는 놈, 다물고 웃는 놈, 혀를 약간만 내밀다 웃는 놈, 이놈들을 가만히 보고 있으면 웃음이 절로 나온다. 또 이쪽 개 두 마리는 같은색을 띠고 있는데 국화꽃 옆에 함초롬히 있는 모습이 사색이라도 하는 놈 같다. 오리가 두 쌍이 있는데 제 새끼를 누가 어쩔까봐 어미오리가 제

새끼를 목 밑으로 지나치게 감싸고 보호하는 모습이다. 자식을 키우는 것은 인간이나 짐승이나 다르지 않다. 그옆에는 토끼 두 마리가 있다. 한 마리 토끼가 앞다리를 들고 자기를 뽐내고 있다. 나도 이따금은 아내에게 뽐내고 싶은 때가 있다.

다음은 화분으로 눈을 돌린다. 화분에 담겨져 있는 식물들과 하나하나 인사를 나누면 나도 모르게 어느새 생기가 돈다. 하루가 다르게 자라는 모습이 눈에 보인다. 자세히 보아야 예쁘고 오래 보아야 사랑스럽다는 어느 시인의 말이 실감나게 느껴진다. 화분을 들여다 보면 화분에 물을 주시던 어머님 생각이 난다. 옛날에는 집안에 화분이 가득했는데 지금은 아내의 손이 부족해서 화분의 수가 대폭 줄었다. 화분을 대신하여

조화들이 놓여 있다. 매화, 목련, 개나리, 진달래, 철쭉, 난초, 국화, 모란, 사르비아, 대나무 등. 조화를 보면서도 하나하나 인사를 나누며 사랑을 표하면 나도 어느새 행복해진다.

가능하면 새아침 일찍이 동이 트고 해가 산 위에 올라오는 모습을 보면 좋다. 찬란한 태양이 온세상을 눈부시게 비추는 광경을 보면 행복해진다. 해가 올라오면 제일 먼저 높은 산을 비추어 서서히 물들이고, 지상으로 퍼져서 밝히면 모든 초목들도 연초록으로 물들이며 우리들 마음 속은 황홀경에 빠져 환희의 감동을 일으킨다. 이 때에 느끼는 감정은 말로 표현할 수 없는 행복이다.

공자는 나이가 오십 세가 되면 지천명知

天命이라 했고 육십 세가 되면 이순耳順이라고 했으며 칠십 세가 되면 종심從心이라고 했다. 지천명은 하늘의 뜻을 앎이라고 했으며 이순은 어떠한 말을 들어도 귀에 거슬리지 않는다는 말이고, 종심은 어떠한 행위를 해도 도에 어긋남이 없다는 뜻이다. 흔히 성현들은 팔십 세가 되면 영감靈感이 있다고 했다. 영감은 우주만상의 변화를 보고 천기를 가늠하며 만물의 이치를 깨닫고 자신의 신변에 일어나는 일을 알아차린다는 말이다. 내 나이 지금 칠십오 세에서 팔십 세를 바라보고 있다. 그런 내가 더 무엇을 욕심내고 무엇을 더 이루려 하겠는가.

우리나라 나이로 내 나이는 칠십오 세이다. 오래 살았다는 느낌은 들지만 아직은 더 살고 싶은 마음이 여전히 간절하다. 그

것도 남은 여생을 평화롭고 행복하게 살고 싶은 욕망이 있다. 그것이 행복 중에 으뜸 행복이라고 본다. 행복하게 살려면 어떻게 하면 될까. 무엇인가 배우면서 열심히 부지런하게 살면 되지 않겠는가 생각한다. 번거롭게 어디에 멀리 가서 배우는 것보다 일상에서 손쉽게 배울 수 있는 것을 찾아야 한다. 우리가 일상에서 할 수 있는 것들을 찾아서 부지런히 열심히 살면 된다. 그렇게 하면 분명히 누구나 행복한 나날을 의미있게 보낼 수 있다고 생각한다. 싼 즐거움을 가지고 있는 사람이 가장 부자라는 말도 있다. 우리가 접근하기 쉬운 일상에서 재미와 즐거움을 찾으면 된다. 그러면 반드시 행복해진다.

# 1. 마음의 안식 찾기

매일 하루에 한 번 오는 아침이지만 반복해서 명상을 함으로써 정신을 맑게 하고 하루를 시작하게 된다. 이어서 바로 아침 해가 뜨고 대지를 비추어서 대지의 초목들이 연녹색으로 태양을 맞이하는 것을 보면 마음에 생동감이 일면서 행복해진다. 집안의 모든 대상물들과도 인사를 나누고 사랑을 표하고 감사하는 마음을 전하면 그들도 각자 나름대로 자신을 표현하며 행복한 웃음을 짓는다.

아침 식사 후에는 간단한 운동으로 몸을 풀어주며 내몸을 스스로 사랑하고 어루만져 준다. 그러면 몸도 사랑을 받아 부드러워진다.

오후에는 3시쯤이 좋다. 공원이나 둘레길을 산책하며 사색을 하는 것이다. 서양의 철학자들이 주로 오후에 산책을 많이 한다고 한다. 철학자 니체도 오후 3시경에 산책을 많이 했다고 한다. 산책을 하면서 먼저 감사의 인사를 전한다. 건강을 주셔서 오늘도 감사하는 마음이다. '저에게 세상을 볼 수 있게 해주셔서 감사합니다. 좋은 음악소리, 새소리, 물소리, 바람소리를 듣게 해주셔서 감사합니다. 오늘도 맛있는 음식을 먹을 수 있게 해주셔서 감사합니다. 산책을 할 수 있도록 걸을 수 있게 해주셔서 감사합니다. 이렇게 모든 사물과 함께할 수 있게 해주셔서 감사합니다. 진정으로 사물과 내가 하나가 되어 합일이 되도록 인도하여 주십시오.' 하고 간절히 마음 속으로 빈다.

자연처럼 마음을 편안하게 해주는 것도 없는 것 같다. 자연은 우리 마음의 안식처이다. 어찌 자연을 가까이 하지 않을 수 있겠는가. 누구나 아무런 제약없이 쉽게 접할 수 있는 것이 자연이다. 이렇게 소중한 자연을 나의 행복의 자원으로 삼고 가까운 벗으로 삼아 즐기면서 행복해지자. 화가 빈센트 반 고흐와 동생 테오와의 편지 중 한 대목을 소개한다. '계속해서 산책을 많이 하고 자연을 사랑하라. 왜냐하면 그렇게 하는 것이 예술을 더 잘 이해하는 진정한 방법이기 때문이다.' 화가는 자연을 이해하는 사람이다. 자연을 사랑하며 우리들에게 자연을 바라보는 법을 가르쳐 준다. 산책을 하면 자연을 사랑하게 된다. 자연을 관찰하게 되고 호기심을 느끼며 자연의 아름다움을 사랑하게 된다. 사랑하게 되면 행복해진다.

## 2. 자연의 아름다움 감상하기

봄이 오면 누구나 온갖 꽃을 보면서 자연의 아름다움에 감동하며 행복을 느낀다. 이른 봄에 피는 매화꽃을 즐길 때는 서정주 선생의 시를 연상하게 된다. '매화에는 알큰하게 봄 사랑이 피어난다. 알큰한 그 향기에 남은 눈이 녹고 하늘에 뺨을 부빈다.'는 시를 낭송하면서 감상한다. 산수유 꽃이 노란빛을 띠며 양지바른 곳에 피기 시작하면 얼마 안 가서 목련꽃이 기다렸다는 듯이 하얀 자태를 드러낸다. 이 때에는 박목월 시인의 노래인 '4월의 노래'를 떠올린다. '목련꽃 그늘 아래에서 베르테르의 편질 읽노라. 구름꽃 피는 언덕에서 피리를 부노라. 아~아 멀리 떠나간 이름모를 항구에서 배를 타노라.' 하고 웅얼거리며 꽃을 본다.

이후부터는 온갖 꽃이 다 피어난다. 개나리, 진달래, 철쭉, 벚꽃이 피면 봄의 향연이 시작된다. 벚꽃이 만발해서 바람에 날리면 봄의 꽃잔치는 절정에 이른다. 복사꽃이 피고 배꽃이 피면 옛노래가 떠오른다. 배우이자 가수인 최무룡의 노래 '복사꽃 능금꽃이 피는 내고향. 만나면 즐거웠던 외나무다리.' 이 노래 또한 너무 가슴에 오래 남아있는 아련한 노래이다. 또 복사꽃이 피면 도종환 시인의 시가 생각난다. '잎도 없는 가지에 연분홍 속살을 내민 봄꽃도 나무의 첫마음이다.' 얼굴을 붉히는 여인의 속마음 같기도 하다. 첫마음은 순수하다. 꽃은 젖어도 향기는 젖지 않고 꽃은 젖어도 빛깔은 젖지 않는다. 사람이 지나가는데 향기를 흘려 보내는 것은 대화를 하고 싶다는 표현이다. 이때에는 너는 어떻게 비가 오나 바람이 부나 밝은 날이나 흐린 날이나 항상 한결같이 향기로우냐고 칭찬을 해주면 향기를 더 흘린다. 이렇게 아름다운 온갖 꽃을 다 보고 나면 계절의 여왕 오월이 시작되어 모란이 만발한다.

모란은 꽃 중의 꽃이다. 부귀영화를 상징하기도 한다. 국화와 모란꽃은 대궐 황실에 경사스러운 큰 잔치가 있을 때 등장하는 꽃이다. 김영랑의 시 '모란이 피기까지는'은 '모란이 피기까지는 나는 아직 나의 봄을 기다리고 있을테요.'라고 하여 아직 오지 않은 봄을 기다리는 마음을 표현했다. 김영랑의 다른 시 '돌담에 속삭이는 햇발같이', '돌담에 속삭이는 햇발같이 풀아래 웃음짓는 샘물같이 내마음 고요히 고운 봄길이 되어 오늘 하루 하늘을 우러르고 싶다.'란 시를 읊으면서 봄길을 한없이 걷고 싶다. 정호승의 시에 '길이 끝난 곳에서도 길이 되어 남아 있는 사람이 있다. 스스로 봄길이 되어 한없이 걸어가는 사람이 있다.'는 시를 음미하면서 걸으면 더욱 행복해진다.

옛 선조 매천 황현의 시에서 '아침 놀빛에 곱게 물든 물가집 복사꽃은 비단이고 배꽃은 눈인 것을. 봄빛도 한물이 되어 꽃도 꽃이 안일래라' 라는 시가 있다. 복사꽃과 배꽃의 표현이 아름답다. 배꽃을 보면 고려 때 이조년의 시조 일명 '다정가'가 떠오른다. '이화에 월백하고 은한이 삼경일제 일지춘심을 자귀야 알랴마는 다정한 것도 병인양하여 잠못드러 하노라.'가 절로 나오는 때이다.

이 때가 되면 봄의 향연은 마지막 꽃비와 함께 막을 내리고 오월의 연두빛 푸르름이 시작된다. 연두빛 나뭇잎이 바람에 살랑거리면 그 나무를 바라만 보아도 행복감을 느낀다. 초원을 바라보면 모든 풀잎들이 연두빛과 연초록으로 대지를 덮어 저절로 노래가 나온다. '카츄샤'의 주제가였던 '원일의 노래', '내고향 뒷동산 잔디밭에서 손가락을 걸면서 약속한 순정을..' 이런 노래를 부르며 들에 나가서 풀을 만나면 풀 이름을 지어준다. 바람에 흔들거리는 바람풀, 흔들리는 흙먼지 뒤집어 쓴 개구장이풀, 이슬 마르지 않는 울보풀, 뻣뻣하게 뻐기는 거들목풀, 쉴새없이 팔랑거리는 수다쟁이풀, 허리꺾기어 힘 못쓰는 할머니풀, 머리만 약간

내민 아기풀, 무럭무럭 쑥쑥 자라는 키다리 풀, 빙그르르 춤 잘 추는 춤풀. 풀이름을 다 지어주기도 전에 내 몸과 마음은 어느새 푸른 풀이 되어버렸다. 오월달은 모든 초목이 아름답고 싱그럽다. 보기만 해도 힐링이 된다.

유월은 여름의 시작을 알리는 녹음이 아름답다. 유월의 향기는 보리 익어가는 내음이다. '보리밭 사잇길로 걸어가면 뉘 부르는 소리 들려 발을 멈춘다.' 등이 이즈음 부르는 노래이다. 무엇보다도 그리운 것은 아까시 향기이다. 아까시 나무 향기는 우리에게 너무나도 감미로운 향기이다. 우리들의 영혼을 맑게 하여 준다. 이따금 내 코끝을 자극하면 더욱 임이 그리워진다. 시냇물이 흐르는 앞산에는 아침마다 물안개가 일어난다. 그 모습은 참으로 신비스럽고 아름답다.

　칠월이 되면 신록의 푸르름이 한층 더해져서 오가는 이들이 잠시 쉬어가는 쉼터가 된다. 녹음이 산야를 덮은 녹음방초의 계절이다. 더위가 우리몸을 괴롭히기 시작하지만 나무그늘 아래에서 시집을 읽는다면 어느새 더위는 물러가고 마음의 안식을 가져다 주는 즐거움이 인다.

　팔월은 더위가 연중 최고치를 기록하며 기승을 부린다. 이때가 우리들의 몸을 가장 괴롭히는 더위가 극심할 때이다. 이때 몸을 특별히 잘 관리해야 한다. 규칙적인 생활과 가벼운 운동으로 더위를 이겨내는 지혜가 필요하다. 음식물 섭취에도 각별한 주의와 자제의 노력이 필요한 때이다. 연세 드

신 분들은 가급적 집에서 머물러 에어컨 바람보다는 선풍기 바람앞에 누워서 음악을 들으며 더위를 물리치는 것도 한 방법이다. 흘러가는 절기 앞에서는 장사 없다고 한다. 더위가 물러가고 가을이 오면 슬피 울던 매미소리도 잠잠해지고 만물의 변화로 모든 것들이 다 달라진다.

봄과 여름에 씨뿌리고 가꾸어온 오곡백과가 무르익고 들녘은 황금빛으로 넘실거리며 고운 단풍이 우리들의 마음을 사로잡는 계절이다. 인근의 공원만 가도 단풍이 곱게 물들어 우리들의 시선을 끌며 발길을 멈추게 한다. 은행나무의 샛노란 단풍, 단풍나무의 빨간 단풍이 보는 순간 망연자실하게 만든다. 이름모를 나무들이 뽐내는 주황색 단풍과 연보라빛을 띠는 단풍들은 너무나 잘 어우러져서 꿈을 꾸는 듯한 환상을 보는 듯하고 유명한 명화를 보는 것처럼 마음에 쏙 빠져든다. 아름다운 단풍을 감상하다 보면 어느새 찬바람이 불어와서 우리들의 몸을 썰렁하게 만든다.

중국 도연명의 시에서 한 줄 인용한다. '어느새 찬바람에 찬이슬 날리고 뒤엉킨 풀들은 다시 또 자라지 않고 뜰에 서 있는 나무 쓸쓸히 시들어가고 맑은 기운이 나머지 더위 마저 싹 쓸어간다.' 그러면 이제 겨울이 시작되는 때이다. 우리나라 겨울은 유난히 길다. 겨울은 노인들이 거의 다들 싫어한다. 겨울이 되면 노인들은 특히나 몸이 수축되고 움츠러들어서 더욱 썰렁해 보인다. 길고 긴 겨울 노인들은 특히 몸을 잘 관리해야 한다. 규칙적으로 가벼운 운동을 통해서 건강관리를 하는 것은 필수적이다. 눈이 오면 겨울산은 새하얀 옷으로 갈아입는다. 우리몸은 춥지만 겨울산은 더욱 아름답고 신비스러움을 보여주기 시작한다. 이때 노인들은 낙상을 조심해야 한다. 노인들이 겨울을 싫어하는 이유 중 하나가 노인들이 낙상으로 인해 팔과 다리를 다쳐서 오랫동안 고생하는 것을 많이 보아왔기 때문이다. 그렇다고 하더라도 앙상한 나뭇가지에 오래도록 쌓인 눈꽃향기가 정겹다. 겨울 속으로 깊숙이 들어가면 따뜻한 방에서 책 몇 권을 골라서 읽는 재미도 쏠쏠하고 새롭다. 이렇게 또 새롭게 얻은 지식은 우리들의 삶에 더욱 큰 활력을 준다. 몇 번을 반복해서 읽으면 그 깊은 의미 또한 큰 감동을 주기도 한다.

고독한 겨울에 읽을 임병호 시인의 시 한 수를 소개한다. '사람이 그리워 외로운 날은 겨울 숲에 가자. 사람이 그리워 어쩌다 서러운 날은 겨울숲으로 가자. 미워하지 않고 가슴 따스하게 열어놓은 나무들의 마을, 겨울 숲에 가자. 눈빛 정겹게 주고받는 나무들의 마을, 겨울숲에 가자. 사람이 그리워 외로운 날, 가슴 따뜻하게 열어 놓은 나무들의 마을, 겨울숲에 가자.' 이런 시를 읊으며 사람이 그리워 행복한 날도 겨울숲에 가자. 서로서로 끌어안고 어깨 감싸주며 봄을 기다리는 겨울숲에 가자. 이제 겨울 끝자락인 겨울산에 가면 나무들마다 물관부에서 솟구치는 푸른 함성이 들린다. 나무의 뜨거운 가슴 밝히는 대지의 함성이 온 누리에 퍼진다. 봄이 오는 소리가 들린다. 산에도 개천가에도.

## 3. 고궁 및 박물관 돌아보기

봄과 가을에는 고궁과 박물관을 찾아가는 것도 한줄기 설렘이다. 깊이 있는 통찰보다는 한번 훑고 지나가는 재미도 그런대로 유쾌하다. 박물관을 가도 아는 것이 짧기 때문에 도자기와 고려청자, 조선백자를 한 번 훑고 지나가는 정도에 다름 아니다. 주로 가족들과 덕수궁을 들러서 한바퀴 돌고 커피가 있으면 커피 한 잔 하고 나온다. 덕수궁 돌담길을 돌아서 정동길을 따라가면 이화여고와 창덕여고가 나오고 경향신문사 등이 나온다. 가끔 눈에 띄는 커피집도 있다. 여기서 커피 한 잔 하면서 대화를 나누며 휴식을 취하는 기분은 매우 상쾌하다. 나는 덕수궁 돌담길을 걸으면 옛님이 그리워진다. 그 여인은 이화여고를 나왔었다. 덕수궁 앞에서 만나 땅콩을 사가지고 오버 주머니에 넣어서 걸으면서 먹는 재미가 추억이었다. 그때의 내마음은 첫마음이었다. 그녀는 나에게 하얀 손수건을 준 적도 있다. 그러나 그 손수건이 더럽혀질까봐 사실은 사용하지도 못했다. 첫마음은 순결했다. 나도 늙고 그녀도 늙었다. 그녀는 나보다 두 살 아래이다. 그녀도 그 때에는 첫마음의 순정이었을 것이다. 첫마음은 오래 가지 못하고 꺾인다고 한다. 나도 그렇다. 경향신문사를 돌아서 광화문 쪽으로 나오면 출출해져서 아이스크림이라도 먹어야 한다. 그리고 집으로 돌아오면 하루의 일정이 끝난다.

다음은 경복궁을 돌아서 청와대 앞으로

해서 삼청동으로 가면 분위기 있는 까페거리이다. 식사와 커피를 즐기고 삼청공원을 들렀다가 가회동, 계동길을 따라 나서면 옛 우리의 문화가 깃들어 있는 골목을 지난다. 북촌에 가면 옛 우리선조들의 벼슬과 가문에 맞는 큰 집들을 볼 수 있다. 그렇게 돌고 나면 목이 말라 아이스크림집을 또 찾게 된다.

이제 창덕궁을 돌아본다. 창덕궁은 오래 묵은 나무가 많다. 우리 역사의 만고풍상을 다 겪은 나무의 비애가 숨겨져 있으며 묵묵히 모든 것을 체득하며 창덕궁의 역사적 증인으로도 남을 것이다.

운현궁에 들리면 대원이 대감이 생각난다. 명성황후와 그렇게 척이 져서 싸우다가 결국은 조선국을 일제에게 빼앗기고 말았다. 명성황후도 일본의 자객 아니 군사에게 죽임을 당하는 큰 수모를 겪었다. 운현궁은 큰대궐같다. 이토록 부족함이 없음에도 권력욕은 끝이 없다. 이것 또한 많은 것을 가르쳐 준다.

과천 박물관과 용산 국립박물관. 일찍이 과천 박물관은 여러 번 찾았다. 박물관을 한바퀴 돌아보는 것도 시간이 많이 걸린다. 잘 이해가 안 가는 전시물들이 너무 많다. 왔다 갔다는 의미를 지닌 것 뿐이다. 과천은 대중교통을 이용하는 것도 오래 걸린다. 그래도 무엇을 보았다고 남기고 싶은 마음은 여전하다. 남들에게 말하고도 싶다. 그러나 확실하게 말할 수 있는 게 별로 없다. 내가 무지하기 때문이다. 용산 국립박물관은 우리 가족이 돌아보기에 가까워서 좋다.

전철로 가면 한 번에 갈 수 있다. 사람이 많고 이해는 안 되고 이 또한 무엇을 보았는지 모른다. 그냥 한 바퀴 도는 것이다. 박물관 갔다 왔다고 고려청자나 조선백자 도자기 등은 KBS 진품명품 시간에 보았기 때문에 아주 조금은 안다. 그나마 다행이다.

박물관을 방문하면 중국 황실에서 있었던 일화가 떠오른다. 내용은 이런 것이다. 중국 황실에서 금불상을 4개 들여 왔는데 어떤 것이 진짜인지 진품을 찾아내라는 것이다. 그러나 여러 학자들이 다 모여서 찾으려 했으나 찾지를 못했다. 그래서 황실에서는 진품을 찾아내는 사람에게는 큰 상금을 내린다고 방을 붙였다. 그랬더니 한 사람이 찾아와서는 자기가 진품을 찾겠다고 했다. 만약 진품을 찾지 못한다면 죽임을 당할 것이다. 그래도 하겠느냐 하고 물으니 하겠다고 답했다. 그도 어떤 것이 진품인지 똑같아서 찾기가 어려웠다. 그런데 이 사람은 가느다란 철사를 불상 귓속으로 살살 돌리며 집어 넣었는데 철사가 들어가지 않고 꽉 막혔다. 다른 불상 하나에도 가느다란 철사를 집어넣었더니 이번에는 반대편 귀로 철사가 나왔다. 또 다른 불상 하나에게 철사를 집어넣었는데 이번에는 입속으로 철사가 나왔다. 이제 남은 불상은 하나이다. 귀에다가 철사를 밀어 넣었더니 철사가 뱃속으로 들어갔다. 그러자 바로 네 번째 불상이 진품이라고 하고 진품을 가려냈다. 너는 어떻게 그것이 진품이라고 생각하느냐고 왕이 물으니 첫 번째 불상은 소통이 안 되는 꽉 막힌 불상이고, 두 번째 불상은 한쪽 귀로 듣고 한쪽 귀로 흘려 보낸다, 세 번째 불상은 누가 말을 하면 신중하게 생각하지 않고 입으로 다 발설해버린다, 네 번째 불상은 들은 것을 뱃속으로 깊이 삭이고 신중하게 행동하는 불상이니 네 번째 불상이 진품이라고 설명했다. 이 설명을 듣고 그의 탁월한 해석에 모두 경탄했다. 그에게 상을 내렸음은 물론이다. 이렇게 고궁과 박물관 찾아보기를 마치고 다음 일정을 마련했다.

## 4. 아트 갤러리 찾아보기

서울에서는 갤러리가 곳곳에 많이 있다. 인사동에 있는 갤러리, 서촌에 있는 갤러리 등등. 갤러리는 그림을 파는 화방이다. 그림을 전시하고 화가를 돕고 지원하는 곳이 갤러리이다. 큐레이터는 전시실에서 그림을 전시하고 고객들에게 그림을 설명하고 고객들을 관리하는 사람이다. 큐레이터는 전시회를 계획하고 유치하기도 한다. 그림을 잘 모르지만 신문이나 방송을 통해서 들은 풍월로 찾아가 본다. 한국에서는 이중섭 화가의 그림인 황소를 으뜸으로 친다. 박수근 화가의 그림인 빨래터 그림이 높은 수준의 그림이며 가격도 많이 나가는 것으로 알고 있다. 그러나 나는 전문가의 눈이 없어

서인지 이중섭의 황소 그림이나 박수근의 빨래터 그림이 그저 잘 그린 그림이구나 하고 인정할 정도이지 나의 마음속에 설렘이나 감동의 공감은 없다.

그림을 잘 모르는 사람은 대부분 풍경화를 좋아한다. 나는 어디를 가도 먼저 풍경화를 본다. 풍경화를 보면 마음에 안식이 오며 평화롭다. 금년이 가기 전에 풍경화 두 점 정도는 구입해야겠다. 외국의 명화를 보게 되면 어디에서나 주로 빈센트 반 고흐의 해바라기 그림이 눈에 띈다. 해바라기 그림은 너무 많이 퍼져있는 것 같다. 그만큼 대중의 선호도가 높다는 뜻이다. 우리 집에도 해바라기 그림이 있다. 해바라기는 해를 보고 자라는 식물이다. 그래서 그런지 날씨가 화창한 날 해바라기 그림을 보면 더

밝고 아름답다. 클로드 모네의 아르장터의 뜰, 모네의 대표작이라고 할 수 있는 수련은 생각만 해도 어마어마하다. 순간순간을 그리는 화가, 사실 그대로를 그리는 화가, 빛을 그리는 화가로 유명하다.

조르주 쇠라의 그림인 점묘화가 신기하고, 폴 고갱의 그림은 남태평양 타히티섬 원주민을 그리고 가난하게 생명을 마감했다. 오귀스타 르느와르의 소녀상의 그림을 감상하면 마음이 편안하다. 피카소의 아비뇽의 처녀들, 브라크의 색채, 모딜리아니의 표정 그림, 샤갈의 사슴 사슴 두 마리는 여성의 가슴을 의미한다고 한다., 독일의 화가 에른스트의 그림에는 알듯말듯한 장면이 있다. 그네 타는 듯한 그림이다. 벨기에의 화가 루벤스는 나이 차이가 많이 나는 자신의 부인이 부끄러워 얼굴을 붉히는 그림을 그렸다. 미국의 화가 잭슨 폴락의 그림, 가을의 리듬을 한참 들여다 보았다. 영국화가 알프레드 시슐레의 풍경화가 사람들의 마음을 평화롭게 해준다. 명화를 감상하며 행복해 한다. 이외에도 많은 그림을 감상하며 행복에 젖는다.

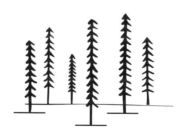

## 5. 음악 감상하기

    국내 가곡을 들으면 마음이 새롭다. 특히
나 봄이 오면, 목련화, '목련꽃 그늘 아래서
베르테르의 편질 읽노라.' 이 노래를 들으
면 마음이 일렁인다. 금강산 노래를 듣노라
면 어느새 동심으로 돌아간다. 봄처녀, 한
송이 흰 백합화, 진달래 등을 들으면 행복
한 나의 모습을 발견한다. 특히나 세계적인
성악가 조수미의 노래를 들으면 어느새 나
도 모르게 심취해서 행복해 하는 모습을 느
낀다. 2002년에는 월드컵 응원가를 부르기
도 했다.

    세계 최고의 수준인 정경화 바이올리니
스트, 장영주 바이올리니스트 두 사람의 연
주를 주로 많이 듣는다. 또 세계의 거장 첼

리스트 장한나의 연주도 함께 듣는다. 세계의 무대에서 한국을 빛내고 있는 거장들의 연주를 듣는 것이 아주 작은 마음이지만 국민의 한 사람으로서 그들을 위로하는 것이라고 생각된다. 가끔은 대중음악을 듣는다.

대중음악은 주로 요즈음 신인가수들의 노래보다 흘러간 가수들의 옛노래를 듣는다. 오기택의 영등포의 밤, 충청도 아줌마, 비내리는 휴전선, 우중의 여인 등. 박일남의 갈대의 순정, 배호의 돌아가는 삼각지, 안개 낀 장충단 공원, 능금꽃 순정, 물방아 고향, 나훈아의 해변의 여인, 울지마, 울긴 왜 울어, 조용필의 그 겨울 찻집 등을 잘 듣는 편이다.

이따금은 세계적인 음악가들의 연주를 듣기도 한다. 먼저 하이든의 교향곡 연주를 들어본다. 하이든은 생전에 백곡 이상의 교향곡을 작곡했다고 한다. 하이든은 오스트리아 사람으로 헝가리 황실의 악단장이었다고도 한다. 베토벤은 유명한 음악가인데 교향곡 아홉개의 작품을 작곡했다. 다음은 모짜르트의 피아노 연주를 들어본다. 모짜르트는 생전에 마흔 일곱 작품인가 교향곡을 작곡했다고 한다. 주로 모짜르트는 천재 음악가로 우리들은 기억한다. 다음은 베토벤 교향곡 운명을 듣는다. 짜자자잔 하고 울린다. 베를리오즈의 환상곡도 들어본다. 브람스의 교향곡 1번을 들어본다. 브람스가 베토벤보다 더 나은 교향곡을 작곡하기 위하여 늦은 나이에 1번을 작곡했다. 그래서 그 작품이 어떤 것인지 호기심이 생긴다. 차이콥스키 비창도 들어본다. 차이콥

스키는 폰메이크 부인과 오랫동안 편지 왕래를 했다. 그러나 만날 수 있는 기회는 있었지만 만나지 않았다. 첫 번째 결혼은 제자의 죽음을 무릅쓴 결혼 청탁으로 인해 한 달만에 파경에 이르렀다.

또 멘델스존의 음악도 들어본다. 노르웨이 출신의 음악가 그리그의 연주도 들어본다. 핀란드 애국음악가인 시벨리우스 음악도 들어본다. 조르즈 비제와 생상의 음악도 듣는다. 바르톡 피아노 연주도 듣는다. 러시아의 라흐마니노프와 무소르크스키의 음악, 쇼스타코비치 연주도 함께 들어본다. 이런 서양음악들은 오랜 시간을 두고 조금씩 조금씩 인내를 가지고 들어야 한다. 체코 최고의 음악가 드보르작, 스메타나 교향곡도 들어본다. 오스트리아의 말러와 부르크너의 교향곡도 들어본다. 리스트의 음악도 들어본다. 슈만의 교향곡, 슈베르트의 교향곡과 가곡도 들어본다. 슈베르트는 가곡을 600곡 이상을 작곡한 천재음악가이다. 서른한 살에 요절했지만 천재작곡가이다. 오래 들으면 귀가 열려 분별해주겠지 하고 믿으며 그냥 듣는 것이다. 언젠가는 스스로 귀가 깊이 있는 밀도를 감지하고 더 깊은 음악의 세계를 이해할 수 있도록 하게 하여 주겠지 하고 마음 먹으면 편안하다. 그래서 나는 이따금씩 이런 음악을 찾아서 듣는다. 이렇게 음악을 듣는 시간들이 행복하다.

# 6. 서울의 명소 돌아보기

### ▒ 남산을 돌아보기

산높이는 262m이다. 서울의 남산은 우리집 뒷산처럼 어려움 없이 아무 때나 쉽게 오르는 산이다. 그래서 내가 늘 친근감을 느끼는 정겨운 산이다. 학창시절부터 지금에 이르기까지 가족들 또는 친구들과 무수히 많이 오르고 내리며 즐기던 산이기에 많은 애환이 담겨 있다. 어느 봄날 아버지 그리고 동생과 함께 오르다가 익어가는 봄햇살이 너무도 따가와서 나무밑에 앉아 맥주 한 병을 나누어 마시던 생각이 절로 그립게 느껴진다. 나의 아내는 결혼 전에 남산의 팔각정에 올라서 서울 시내를 내려다보면서 마음 속으로 꿈을 꾸며 미래를 상상하여

보기도 했단다.

남산은 어머니 품같은 산이다. 햇살이 좋고 맑고 시원한 바람이 한 줄기 불어오면 어느새 땀을 식혀준다. 청량한 맑은 공기를 뱃속 깊숙이 흡입하면 뼛속까지 내 영혼까지 맑게 해주는 사랑스러운 산이다. 남산은 내 삶 속의 역사요, 인생의 철학이며 문화이다. 젊어서는 걸어서 오르지만 지금은 노인들이 되어서 걸어 오르기에는 힘에 겨워 무리가 따른다. 케이블카를 이용하여 정상에 올라야 한다. 정상에서 서울시를 바라보는 내 마음은 지금이나 옛날이나 다름없다. 항상 기쁘고 즐거웠다. 이것이 나만이 느끼는 기쁨이고 행복이겠는가. 다함께 느끼는 기쁨일 것이다. 남산에 올라 돌아보며 즐거움을 찾자.

## ▒ 잠실 롯데월드타워를 돌아보기

롯데월드타워는 잠실역 11번 출구에서 20m 위치에 있다. 롯데월드타워 <sub>서울스카이</sub> 높이는 555m이고 123층의 수직빌딩이자 우리나라에서 최고로 높은 빌딩이다. 전망대에서 추억 남기기 사진도 찍고 서울시를 천천히 조망해보자. 동북쪽으로는 강동구가 자세히 보인다. 바로 아래에는 송파구 잠실운동장이 보인다. 동남쪽으로는 서초구가 자리하고 있으며 바로 아래에는 강남구가 환하게 보인다. 서남쪽으로는 동작구와 영등포구가 보이고 멀리 여의도가 보인다. 정면으로는 용산구, 마포구, 중구가 보이고 인왕산과 북한산이 있고 남산이 한참 아래로 보인다. 서북쪽으로는 광진구, 중랑구, 노원구, 도봉구가 보인다.

전망대에서 내려다 보는 기분은 높은 산에 올라서 보는 느낌이다. 잠시 음료수나 커피를 한잔 하고 내려와서 이어진 롯데백화점까지 돌아서 오면 새롭게 느껴지는 보람이 가득하다. 대부분 사람들은 연인이나 가족과 단체로 오는 사람들이 많았다. 국내 최고의 초고층빌딩 롯데월드타워를 한번 돌아보자.

## ▒ 인사동 거리를 돌아보기

종로 2가에서 시작하여 광화문 쪽으로 인사동 거리를 아주 느리게 천천히 걸으면서 이곳저곳을 돌아보라. 옛날 우리가 살던 생활 모습의 모든 장식품들이 그대로 놓여 있다. 우리 문화의 향기가 진하게 느껴진다. 갤러리 화실도 보이고 도로변에서 초상화를 그려주는 화가도 보인다. 인사동은 많은 예술인들의 숨결이 깃들어 있는 곳이다. 가끔은 문화행사를 하기도 한다.

먹거리 식당도 많이 있지만 노변에 옛날에 우리가 자주 먹던 빵, 엿, 떡, 밤, 고구마 등 정겨운 먹거리가 있다. 또 아이스크림, 오징어 등 길거리 음식을 보면 옛 추억이 그리워진다. 그리고 오징어나 빵, 밤을 입에 넣고 먹으면서 걷는 재미는 도시에서 볼

수 있는 자연스럽고 여유있는 정겨운 모습
이다. 언젠가 나도 무엇인가를 먹으면서 걸
어보았다. 참으로 색다른 즐거움과 행복이
있다. 인사동을 돌아다니면 행복해진다.

## ▒ 청계천 인공수로를 돌아보기

청계천 광장에서 시작된 청계천 인공수로는 항상 맑은 물이 흘러 수로 주변을 걷는 사람들의 마음을 상쾌하게 해준다. 걷다 보면 이따금 문화행사의 잔재물이 남아 있어서 보는 재미를 더해준다. 도심의 맑은 물이 흐르고 수초와 대나무를 볼 수 있는 것만 해도 기분 좋은 일이다. 가족끼리 친구끼리 수변을 걸으면서 나누는 대화는 물소리처럼 맑고 경쾌하다. 아주 이참에 동대문 역사문화공원까지 들러서 한번 훑고 지나가면 보람된 기쁨을 느끼게 된다. 문화를 사랑하고 문화 공간을 체험하게 되면 생각도 새로워진다. 청계천 인공수로와 동대문 역사문화공원을 꼭 둘러보자.

바람은
인생을 업고 간다
—


눈바람 속에서도
매화 봉우리 솟고
소소리 바람에 꽃망울 터트리고
따뜻한 봄바람에 벚꽃 피듯
봄바람은 꽃을 피우는 희망의 바람
싱그러운 녹색바람은 꿈을 꾸는 바람
시원한 바람은 지친 몸 풀어주는 바람
소슬바람에 꿈을 이루고
찬바람은 세상을 깨우는 영혼의 바람
인생을 업고 가는 바람은 향기롭다.
인생을 업고 가는 바람은 아름답다.

바람과
숲

—

바람 부는 날 숲에 가면
휙휙, 쉬쉬거리며 나무는
몹시도 흔들흔들, 흔들어댄다.
가지가 찢기고 부러져도
아픈 줄 모르고 춤을 춘다.
고통 속에 기쁨 있고
기쁨 속에 고통 있는
인고의 진리를 알기에
한 가지에서 자라며
기쁨도 고통도 함께 나눈다.

## 「최지언 시인 추천사」 중에서

〈바람과 숲〉의 '가지가 찢기고 부러져도 /아픈 줄 모르고 춤을 춘다.'는 구절은 숲의 생태를 가장 잘 표현해내고 있습니다.

고통 속에 있더라도 고통인 줄 모르고, 기쁨 같지만 사실은 고통임을 단번에 알아내고도 시인은 나무의 그런 몸놀림을 고통 속의 기쁨으로 그렸지요. – 중략 –

저자는 고통을 알고도 고통을 기쁨으로 승화시키는 삶을 찾아냈고 그 기쁨으로 작품을 구현했다고 봅니다.

# 지혜로운 삶은 어울려 사는 것이다

초판 인쇄   2021년 4월 16일
초판 발행   2021년 4월 20일

지 은 이 │ 이상천
펴 낸 이 │ 김현숙
펴 낸 곳 │ **도서출판 별내리(里)**

편   집 │ 김현숙
디 자 인 │ 김소아

출판등록 │ 제25100-2021-000023호
주   소 │ 서울시 노원구 공릉동 653-5
전   화 │ 02-967-1554
팩   스 │ 02-967-1555

ISBN  979-11-974395-0-6

**도서출판 별내리(里)**에서는 참신한 원고를 모집합니다.
e-mail : haun1031@naver.com